何山／著

浮生依然

陕西新华出版传媒集团
太白文艺出版社

图书在版编目（CIP）数据

浮生依然 / 何山著. -- 西安：太白文艺出版社，2023.1
ISBN 978-7-5513-2315-4

Ⅰ. ①浮… Ⅱ. ①何… Ⅲ. ①诗集－中国－当代 Ⅳ. ①I227

中国版本图书馆 CIP 数据核字（2022）第 256892 号

浮生依然
FUSHENGYIRAN

作　　者	何　山
责任编辑	强紫芳
整体设计	百悦兰棠
出版发行	陕西新华出版传媒集团 太 白 文 艺 出 版 社
经　　销	新华书店
印　　刷	朗翔印刷（天津）有限公司
开　　本	880mm×1230mm 1/32
字　　数	50 千字
印　　张	6
版　　次	2023 年 1 月第 1 版
印　　次	2023 年 1 月第 1 次印刷
书　　号	ISBN 978-7-5513-2315-4
定　　价	48.00 元

版权所有　翻印必究
如有印装质量问题，可寄出版社印制部调换
联系电话：022-69211638
出版社地址：西安市曲江新区登高路 1388 号（邮编：710061）
营销中心电话：029-87277748　029-87217872

目 录

第一辑 清 浅

02 | 一片树叶落下的声音
04 | 春雨茶寮
06 | 微风起
08 | 深春里
10 | 我依然微笑地走着
12 | 弱 水
14 | 思 途
16 | 写进夜色里的一封信
18 | 拔 掉
20 | 光阴无言
22 | 风从清晨开始吹
24 | 捡拾安宁
26 | 错落秋声
29 | 相遇的雨滴
31 | 幸 福

32 | 足　矣

34 | 岁月的发簪

35 | 一瓣花

36 | 瞬间黄昏

37 | 再重逢一次

39 | 你我都拥有一个深秋

42 | 一群大雁在回程的路上

44 | 在皮肤的纹理里

第二辑　路　过

46 | 匍匐的风声

48 | 放　弃

50 | 我把夜空铺在海面上

52 | 你的悲伤烫伤了我

54 | 失落的春天

56 | 声声半

58 | 在春分

59 | 十二夜

61 | 全世界的阳光在等你

63 | 意　外

64 | 呵　护

66 | 任我游历

67 | 方　向

70 | 不　语

72 | 去见见经年的你

74 | 未　央

76 | 走漏风声

78 | 天渐渐凉了

80 | 一个夏末

82 | 夏　晨

83 | 颠　倒

85 | 怒　放

88 | 用一次旅程忘记我

90 | 海风吹了

92 | 久远的蜜蜡

93 | 为如此而这般

95 | 敏　感

96 | 清　轻

98 | 拿　走

第三辑　浮　生

102 | 喜乐孤独

103 | 热　浪

105 | 校园记

107 | 风吹的诗

109 | 空　壳

111 | 拾来的笑声

112 | 火光中的心跳声

114 | 忘记我

116 | 你是鹰

118 | 醉　茶

119 | 致　君

120 | 一个小镇，一夜雨声

121 | 到海边夜跑的人

123 | 入　秋

125 | 有树叶落下

127 | 如　秋

128 | 如同懂自己一般深刻地懂你

129 | 秋　收

130 | 远山的那一头

131 | 晨曦的雨

134 | 冬　夕

136 | 一颗在瞳仁里闪烁的星

138 | 欠你一场雪

140 | 我的心跳

141 | 想当然

143 | 踏雪寻他

144 | 山　雪

第四辑　无　尘

148｜将白发挽成青丝的人

150｜无法重塑的时光

151｜迎着风

152｜静下来

153｜漫天飞雪

154｜冬日傍晚

156｜悬

157｜你的皮肤上有晨曦降落

159｜在身边

160｜蔚　蓝

161｜月色如歌

162｜拒绝的热忱

164｜来日方长

166｜将零下六度的拥抱一饮而尽

170｜一盏茶的江湖心事

175｜新年，在南方想起

179｜如画如遇

182｜声音里

第一辑 清浅

一片树叶落下的声音

走进即将到来的翠绿里
在三月，拟好一年的收成

一片看似与其他树叶没有区别的树叶
脸色是一样的，姿态也是一样的
吹的风是一样的
树叶下的故事也差别不大
有人把他们的摩擦当成笑声
也有人把他们的笑声当成摩擦

我来不及告诉你

一片树叶落下的声音

和风吹过我嘴唇的心情

类似一滴雨在树叶上的光阴

和第一丝惊喜

第一点小心

春雨茶寮

尚可同沐一场春雨，
未可同品半缕茶香。
　　　　　　——题记

等到暮色走进竹帘的缝隙
等到越来越长的影子将他
带入清浅的春色

青春追逐的快乐
发生在稍纵即逝的夕光里
敏捷得不尽如人意

必有一个清新于三月的容颜
到莲花的花蕊里
孕育那短暂的欢笑
到池塘边上轻唱久候的茶寮

溢出四叶草模样的思念

她的清新
面对这些狭路相逢的时光
崭露锋芒

夜躲进深蓝,他开始
冲淡春雨另一端的茶香
顺手摘下风吹到她头发上的夜光

雨停之前,她就着雨水把泪水
又洗了一遍

微风起

一炷香燃起,一点光亮起
席地,匍匐,闭目
一首诗走漏一个年纪的风声

院门口经年的木棉树蹉跎了岁月
那木棉花在一瞬间绚丽绽放
却用漫长的时间去逐渐枯萎凋零
去年的茶,又浓郁了些

进山的车盘旋而上
载着虔诚的心愿
到一个抛弃凡俗的院落
换取不安的宁静
返程
真像是晨雾里的呼吸
如一片苔藓
从青山的背脊脱落

深春里

又提到薄暮
和划开大海的白鹭
蓦然堕入一朵花的蕊芯里
海风如歌
不知需要多厚重的思念
方可与深春的生机携手同行

默许我,默许一株淡雅
一堆迷茫
假如有一种到来
突然会与我的抽身离去一般
自大海深处升起

用缥缈之心与临摹之力
将描的花儿一朵朵摘下来
风,在料峭中吹起
石榴籽撒了一地
如我的泪滴
晶莹透红地跌落美丽

我依然微笑地走着

我依然微笑地走着
走到星星一颗颗落幕
走到太阳再一次升起

原野里繁花盛艳
每一树的枝丫里都充满着
青翠
两只鹦鹉相偎相依了
天地也就相偎相依了

到千万次花开的机遇里
我欣然错过一次重生的安排
从重生旁边走过
我写诗，我唱歌

我的影子出现在月光下
微笑闪耀在花香里
我是原野的孩子
孩子是我的原野

淡忘是一个值得倾慕的动词
晨曦的门虚掩着
它便侧着身子走进去

弱　水

弱水婀娜至远，亦有归途
碧绿的流水外有大山躯体的呐喊声
那呐喊吹到松鼠的尾巴上
便升起青山对面的回音
细雨恰巧路过
山涧，清泉何需殷勤

寻找长发披肩的台阶
寻找那将春风剪断的锐气
到那碧水里争流
鱼群如约而至
在这山川里想起的人
心缝上没有莺啼似的笑声

清晨时分
我在流觞亭熄灭一支香烟
顺势爱着一位在人海执着
生念的男子

水更加无垠了些……

思　途

姹紫嫣红
园艺师松开花圃
同时松开一群小蜜蜂
一条蚯蚓，一种和谐

——天空辽阔得叫人舒畅
我们是可以在大地上舞蹈的
但是我没有

怎样将皮肤里的霜雪融化
让阳光洒进来
让全部的归途推开来时的路
让薄雾温柔地洗涤

偶尔有一种静默迎接你
并有同样多的喧嚣给自己

假如被一片花瓣披星戴月地追赶
那一定会听到幸福敲门的声音

写进夜色里的一封信

阳光与弥漫阳光的光阴一般模样
含着白玉兰的清香
大地的绿是从春天走来的
小雨也是
许多花儿到很远的风雨里行走
吟唱能触摸故事的季节

我牵挂着的不是它,不是
歌声里落下的一场雨
我遇到一株在夜幕里含羞的海棠
在春回大地时无畏而慎重

它舒展开的身姿轻盈了许多
粉红的脸颊将月光点亮
它侧过身去,将掠过心尖的字
写进夜色里

把这株海棠当作梦乡
它用皮肤上的春风揽胜
天地,用微寒收纳尘埃
再用一整片雷电
唱响无数个不一样的春天

就在昨日,它被众星捧起
孤单单地
恰似想起,恰似一封信
太过层层叠叠
于是被爱过它的人忘记

拔 掉

一双粗大的手拔掉花盆里的
一株株杂草
一个个浅浅的窝出现了
我不想有一只大手把我从
地球上拔掉
我不想知道,当我被雨水溺爱后
会不会成为泥巴

一朵花刻意开在我的目光里
我的耳朵被一声清脆的鸟鸣灌醉
有人去山谷里
带走了整个春天的故事
爱情把窗关上
我一个失望
那一缕穿过指缝的阳光
就开始酝酿着

皲裂寸断

雨来了
泥土跃跃欲试
跳到花盆外
黑得似半句准备写错的告别
雨很密很长
与溺爱我的那一天同样地
很密很长

光阴无言

远处的几朵云
拎起了这座城的四面八方
理想之城高于梧桐树
但不会低于它的背影

听,幽静的
推进雨里的树也是静的
内心的波澜不会低于围城的墙
雷鸣也退却于心与心碰撞的轰隆声

恰逢光阴无言

两张电影票被雨淋湿
被昨日的风截留
两个人去旧地重来一次的愿景
也被淋湿

许多故事被改写了
人们似乎都能随遇而安

相信车厢里为理想而奋斗的人
他们骨子里的热血
在辽阔的蓝天下没有凝固

恰逢光阴无言

风从清晨开始吹

到这个月份,天气有些热了
院子前面的一片池塘偶尔感冒
听,小猫的喵喵声推开粉红的云彩
一字一句写着大山的狐疑
假如踮在树梢上触及缤纷的星光
你的理想和歌声
便会到我的手心里生根发芽

这月份,真的是热啊!
远远地寄一封信可否给予你清凉?
炽热的目光被无视
一幅水墨画里
潺潺的小溪伸入青山
绕过我的戈壁
而后跌入花圃中
尚未熄灭的太阳

南边是一张浓重的油画
除去明年将红的杜鹃花
沿途远离我的姓名
风一更，雨一更
到今日清晨合上诗集
关掉台灯
掠夺一杯青春来纳凉吧！
不观尘世，只观星雨

捡拾安宁

喜欢这悄悄长了十多载的园子
喜欢园子里浓郁的春秋
更重要的是
也喜欢这儿稠密的幽静
刚刚好的幽静

一个现代城市里饱含古朴元素的园子
一个花草树木、亭台楼阁齐聚的园子
四季里的许多清晨
独自走进来
捡拾整片整片的安宁

想到那个不曾陪我在园子里
发呆的人
想到自己的恣意妄为

到园子的半山扶摇直上
摘天空中不输朝阳的星星
郁郁葱葱得让我停止攀登
凝视它,直到它转过身去

漫天的我
湿漉漉的
落满蜿蜒小径的花与叶

错落秋声

怀疑，在我以外还有熄灭你的存在
也疑虑，除了我，你会永久灰白

可那被错漏的秋天
收割一片还给我
十分重要
我在那个秋天丰腴一回
也十分重要

仍旧怀疑，可有一份拥抱能揉碎
在雨中起舞的麦穗？
假如那是一份娇恨，一份友爱
就捂上耳朵去想象雨落下的声音

仿佛酝酿着
涂抹一片壮丽的山川再一次重生

酝酿着到那样的秋天里错过
而且料定会在其中一秒
弃枝
成为一颗种子嵌入泥土

到最漫长的岁月里再见
稀少的粗枝大叶——重提
我不告诉你，我走了
似乎要将一万个秋天送给你
挂上一弯新月
便如同放下了一弯残缺

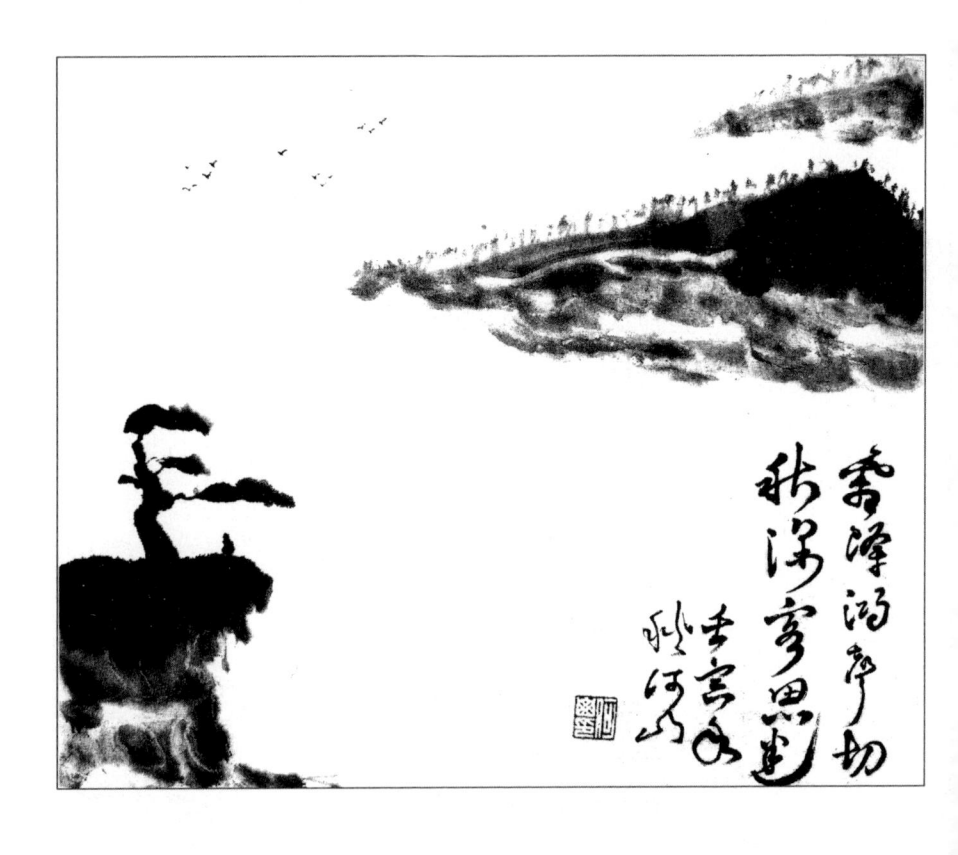

相遇的雨滴

推开你我之间那
三万英尺的血雨腥风,干杯!
饮尽千里之下的海水,和
一壶翠绿的遗忘
此刻的我恰巧路过乘风的雨滴
挥一挥手,便是漫天八月的盛艳

坚持将你的歌留给我
兴师动众迎接我笔尖的沙沙声
不告诉你
雨滴之内会不会是我要的画影
得穿过一个小巷子,在一扇秋窗外
撑起一把油纸伞
在一程烛火下遗落粉黛

如此淡定于给我的歌

每个音符掠过眉梢

便披上星空的霓裳

落一层白霜就好了

沿途摇曳在湖面

每一波都蕴藏着蜜香

到落叶成席里聊一聊明日

你哼了一曲，万顷的星光跌宕

除了给我的秘密

你总是，总是这般静怡

幸　福

触碰到幸福，触碰到相遇
如同天空拿走了悲伤的羽翼
陆续离开的秋风
地底下的雷鸣之声
还有飘散到红墙外的落叶
此番惊艳地留下无私的空间

而后，思念秋霜
和秋霜上嬉闹的风声
思念细软的清晨
和一行欢快的大雁
也思念早年生出的第一根白发

我想与你呢喃
如此狭长的秋天

足 矣

赏半个昔日的中秋,一丝丝风
与老旧的满月擦肩
如是柚子甜得正好
万家灯火恰恰通明
一只白鹭在海边望月
独立于一株红树上
那红树恰好酿了一海的美酒

我们回到一轮圆月里
就必将再从一轮圆月里跑出来
长路漫漫,我们抛下了白雪、红花
和我们呼吸里的冰
而那艘满载欢歌的船正驶向海的彼岸
越走越远

擦一下就点燃了火柴
一缕清香弥散入月光
丛林深处禅院的钟声踏着月光走来
一些寒冷经过我的脚印
正逐一远离
恰似桂树离开了蟾宫

半个静好的中秋足以让我淡忘
整个皓月下的鼎沸人间

岁月的发簪

一颗颗星星如一粒粒种子
从时光的长远处生出来
没有人能勇敢地
走到其中任何一个感叹号那儿
驻足泣泣！
人人都肯定月满则亏
让彼此的心背离
再一次相聚
我们不需要掌声
不需要塔吊、云梯轰轰地划过子夜
将这些种子，这些圆满和不安载往家乡
我依然萍踪侠影
满月的剑未必会猛烈地刺向我
把不安捏得更松散些
恰如一片自己都无法牢记的沙滩
我们都是以中秋的月为岁月的发簪
一岁一岁地数着路过

一瓣花

漂泊于半片海天
半片秋日时光的海量
要几许无须背叛的花香
方可缝补无法缜密的心思
哪怕轻轻一缕
它的半世即被掩埋

起舞都如此不蔓不枝的天地间
含着青松和半个残酷冰冷的冬天
它在参天的一瞬间与梦醒时分擦肩
假如这片天地十分厚重
它的聒噪便开启了与半个时空的
争执、妥协

接着,邂逅一层秋霜
将它遮掩

瞬间黄昏

中秋的月在黄昏时分遣散星星
在深深的庭院里深深的秋
低头见落叶起舞
暮色便已浸过了眉头
还没来得及校准弦音
便开始举杯、赏月
如此迅速地加入黑不下来的夜
拆开离月亮最远的那朵云里的锦书
到桂树下摘一朵被遗忘的温柔
把呼吸里的蓝图校对一下
让他乘风破浪,吉祥安康
别吻着自己的诗歌睡去
当思念亲人并想饮一盏普洱茶时
恰巧梦见我

再重逢一次

十月,枫树红了,梧桐红了
筹谋已久的秋霜铺开了
秋风出其不意地跑过来
我无须用抛开夕阳的徘徊抛开你

你站在天桥上向我张望
霜将你打得厚重
似一尊锃亮的铜像
而你却将一把火托得如此高不可攀

再重逢一次
我的山川如此多娇
无论你从天地的哪个缝隙钻出来
都会遇见
连树梢都无处安放的红

天空依然年轻

这很重要

我们应当对永葆青春的

情感心存侥幸

如同侥幸山川再一次

姹紫嫣红

你我都拥有一个深秋

说不定，你我都拥有一个深秋
说不定，你的手心会飘来一片枫叶
说不定，这片枫叶深沉
在透过丛林的阳光起舞时
轻声歌唱

可我坚信，你我都醉心一塘白莲
生蓬出藕后仍有荷的静详
似那勃勃的生机
在黄昏的水面举起一盏盏明灯

生命的到来
是一粒种子生发新芽的过程
那新鲜的目光，铺陈出一段前程
一炷香会燃尽尘世一身的泪痕
在新的轮回里轻装上阵

而我
在每一个深秋都情不自禁地
拾起荷塘的最后一抹绿
与它不遗余力地亲近
接纳所有的诗词
任它在某一程光阴里
沉浸于当下的不自量

恰如今
我剪开这些涂脂抹粉的文字
让一塘白莲为我增添些许静洁

菊潭

菊潭芳馥
溢秋令節
西風

河公书於王宗年

一群大雁在回程的路上

横穿整个清晨
便来到一座老城
总忘不掉城中心废弃的街心公园
那杂草蓬生的小舞台
以及晨练者遗忘在树杈上的
半旧擦汗巾

锻炼身体是城市中坚力量的
一件要紧事儿
这座不养育星光的老城
盼望一夜大雪
以及跳出冰冻层的勇者

那群已南飞的大雁依旧爱惜它们的羽毛
和背后的大街小巷
以及一个古寺的倒塌

深埋的佛经，倒灌的流言

也依旧眷恋开膛破肚的马路
和一个挨父母打的孩童
穿着裤衩被追着跑的哭声

不必等到良辰吉日
比滩涂更浅薄的时刻
大雁在夜空辗转反侧
吼出心头最痛的长鸣

在皮肤的纹理里

那摩挲了整个春天的串珠
终究未能磨去刻刀的脚印
那不息的脚步
依旧行进在心坎上
路途偶遇了你
小品老茶并收集星辰
秋风吹过的光阴叫人心干燥
那皮肤的纹理希望的，一直埋在
秋霜里
不必如此回避
伸手轻抚你眼角的皱纹

第二辑 路过

匍匐的风声

也许,总是羞于呈现
一株君子兰偶遇的片刻
一个倒春寒谢绝争艳
——光阴不单只与君子兰
相含糊:高傲,向上
思索而所向披靡

也许,还是借机呈现
一点华丽的谬论
无关寒冷,感恩
没有影子的人有始无终
一点光阴的过往
他们哭着饮着,便切入正题

心有芥蒂的午夜
并非因为永无止境的人

和绕不过去的话题
那么短暂的青春
被遗弃在华丽棺木中的天真的脚步
拿走了一夜又一夜的寂静声

他们到词海里将现实写来写去
将没有影子的人对人间的涂鸦
写来写去
她误以为，点亮一盏夜归的灯
在梦里奔跑，天就会亮了

没有哪一朵云，哪一滴雨
能躲过风声

放 弃

最后离开的是思绪
陪伴着……
由温热到冰冷
由起伏到平静的过程
历尽千帆的躯体渐渐凋谢
轻轻地将眷念举起、淡忘
轻轻地呼唤着：最爱的，最爱我的
最先离开的是眼睛
将与人世的关系率先切断
一闭眼，人世关在了外面
一步便跨入天堂

我燃了一叠如纸一般薄薄的心意
没有风
但纸灰飘得很高很远……

灵魂走出来

在一旁望着自己的躯体和躯体旁

疼痛的心

迟迟不愿离去

我把夜空铺在海面上

拥抱叫月亮升起

这片海的尽头是花荫的脚印

海边的椰树挺直腰板

撑开九月潮湿的热情

沿着这海岸线呼吸

海浪掀起起初的心情

我救活手心里一只鸟的欢笑

却掩埋了一颗星星的光阴

就在这完美的天地间

用热情熄灭热情

假如可以笑,那就为你笑

假如可以复活,那就为你复活

试图捡拾

海浪在沙滩雕刻的过往

苏醒的手勾勒出我的背影

计划着热舞和高歌

用一瞬间的真实

举起我的一不小心

你的悲伤烫伤了我

几朵企图盛开的云
是天空舒展的翅膀
用柔软滑过山巅

世界原本很小
我们如何使它开阔起来

你的悲伤将我的胸膛烫伤
直到心脏
青山的这头是你的青春
青山的那头是父亲的江河
在最清冷的冬夜
我们都想说点什么来取暖
被烟花点亮的雪花
从你的全身路过

穿过一场雪的声音

思索

用半个甲子的春天

融化你的匪夷

似乎

有人在思念你踽行的影子

若隐若现

很多事情已过去很多年

别让你的悲伤漫过山坡

失落的春天

风吹来吹去,又遇到了春天
与几年前的朝阳一样
依旧没能让心跳踩踏得内敛
瞧,就连喜悦都如此温柔
这为所欲为的拂晓的春

返乡的人们用倒退吸附曾经逃离的
口号
他们回到长江以南的
那个湖泊,准备清洗
过往的脚印
一百个春天能否弥补我失落的胭脂?

我眷念这片被天宫垂涎的故土
它被深藏在内心
躲过了风雪

花朵与月亮一般美妙

它盛开了又凋谢

圆了又缺——

春天勇敢地包揽了这生机盎然

这青涩地错过很多人的

生机盎然

声声半

听,台上指尖滑动的音符
捧着青春
一秒一秒地绽放
网住了一个好奇的眼神
跌进古典音乐的前奏部分

到窗外淡忘思索的背影
到梦的门口
奏响第一缕春光的脚步声

拨动琴弦吧,弦断了便去相约黄昏
请为我们的月色熄灭一盏灯
点亮一个灵魂
使幸福的花盛开一半
馨香一半,月隐一半
风带走一半

影子抖落一半……
轻声低唱吧，唱累了
便去沐浴新春
踩着花下月影
穿过春风的乾坤

在春分

今年这个春分
需要持续地背叛温度
人们万般无奈
唯有勇往直前
种子并排着路过地球后躲过文字
那很难叫人忘记分离
忘记在郊野的陡坡下与清泉的幽约
声音在分散
我将哭声藏在最后面
新生是一朵轻盈而纯洁的花儿
人们欣赏着,宽慰些许逝去的灵魂
在春雨里,我笃定会与山林交好
播种美丽
我定会听到鸟鸣和春雷的歌声
如此这般方可远离喧嚣
春分,有许多要去承载的缤纷
清晨便有了一定会升起的太阳

十二夜

十二个星光灿烂的夜
在第十二个夜
再苏醒一次无用之璀璨
看台在上百道目光里升起
麦克风说着诗人
说过的灵魂、说着的灵魂、继续的灵魂
无用者在星空的最低处
主题的红围巾哪里围得住诗人们
篝火一般的思想
再热情的红地毯也压不住
在秋天被蓝天眷顾的丰收
你来了
山中剧场、月亮、萍、窗纱
栀子花、河边柳、高阁寺、岳阳楼
都在瞬间被驿动的心穿过乡愁

天空开始用诗人孕育的词

空等着白雪

心素如斯

当你再次想起屈原

第12届诗歌人间朗诵会便在深圳

点燃

夜空的眼睛

全世界的阳光在等你

或者是一首歌的蓝色翅膀
月夜偶尔睡得深沉,就连
思绪也是热烈的
钢琴的手一黑一白地诉说着
一朵花开的时间
在耳边渐渐远行、无声
眼房是琴声敲开的窗
窗外有全世界的阳光在等你

かえん

意 外

我们曾经一起走着

走出许多以为挥不去的回忆

路程长一些,路蜿蜒些

别走散了

有人会心慌

怕回忆会淡去的慌

星光暗下来时,花儿也累了

听见真实的话,会惊醒

沉甸甸的梦

埋怨,开始闯甜蜜的红灯

接下来

请月亮做一个阴晴圆缺的方案

待到回头谁找不见谁时

不至于因为突如其来而慌乱

呵 护

露水深重的窗外
细风拂动
无色且透明地摇摆
没有开花的勒杜鹃朴素地绿着

生活无序排列,而光阴
总是将残酷的棱角暴露给空气
被磨平的地方,是需要呵护的

我会错过最突兀的山峰,最
揪心的人
诸如此类
所路过的雨季
都有我的目光
都有我嗅到海天彼此拥抱的渴望

而我在那里，在那样的空气里
山川河流把世界万物舞动给我听
它有多宽厚的幸福，就
敞开多宽厚的天际

此刻，我被幸福刮碰
含笑噙泪，但噤若寒蝉

任我游历

双手做捧盒样儿
收纳眼角的第一滴失仪
南方的木棉花香了
热情整树整树地红着

寻一张宣纸,任我游历
任我手捧蓝天,脚触大地
你的嘴角微微一扬
我便收到了诗和远方

我听过的雨下在你写生的花瓣上
紧挨着夜幕的脚印
紧挨着一道目光,湿润着
别离枝头的芬芳

方 向

精彩地迈向呼吸停止的地方
竭尽全力地行走成诗
春风垂青的日子
就将除我以外的人抽出来
如同抽一支香烟
阳台的花儿轮番地开
勒杜鹃、康乃馨、蓝雪花、茉莉、石斛兰
如此斑斓的存在
立志将我往画卷里带
一次又一次倾泻心海的冰块
太过洁净透明
太过向往冬季

在小小的茶几边写几句诗
那半空中的往事
明亮似破云而出的月牙儿

然而岁月模糊

我们均不适合引吭高歌

假如为你撰一本书

一定会描绘清晨薄雾的眼神和脚步声

撰一本无关风霜、无关泥泞的书

让你知道青松与文竹的迥异

让你知道一树蜡梅舒展静雅的冬天

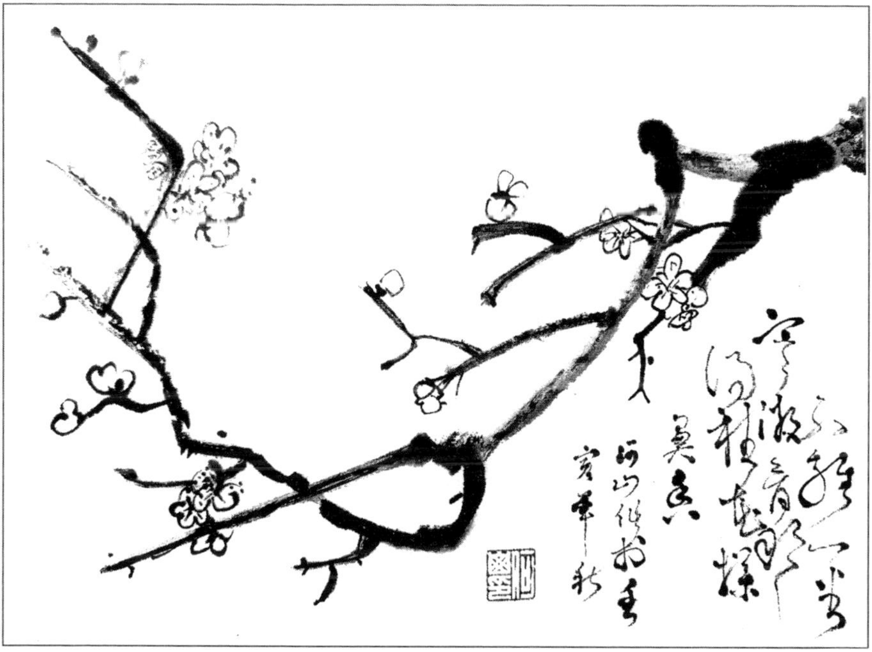

不　语

关于分离
没有很多修饰
如同暴雨冲刷的脸——
将全部的花瓣浸泡入一壶空洞里
如此，
画中的一对白天鹅费解地盯着我
这闯入我躯体的生命
拥抱着彼此烙下的印
那故城的午夜
还有你的呼吸跌落在掌心
不曾驻足再见
不曾驻足凝望
更不想在凝望中失去深邃
化身为月下的千百朵白玉兰
若有一朵弃枝而去
便落下千百分之一的伤心

将皎月抱回云层深处

倾慕这一壶空洞时

云朵们

预备给大地再来一袭绵绵细雨

去见见经年的你

对着那面熟透了的镜子
取下身上所有的饰品——
耳环、项链、手镯、发夹
整理一个不牵不挂的自己

恰好一个月色皎洁的夜
去见见经年的你
披着北斗的星星
路过牵动浮云的那阵风
恰好空气静谧香甜
去见见经年的你
跨过大榕树的脚丫
穿过凤凰木的背影

把我放在桌子上
恰好两颗心脏水平划一

仍旧

喜欢待在你写的温柔里

把心情和思绪收拾折叠起来

一如既往的是

充盈在暗香里的欢笑

跌落在洒满屋的月光里

未 央

你还给我的
是一塘欢歌
是春夜喜雨
是微风拂过山峦
以虹之七霞
给我灿烂的快乐

你还给我的
是乡野小径上的晨曦
琴声掠过心尖
掠过点缀雨声的梦醒时分

你归还的
是需要安心的安心
时光在瞻前顾后中苍老
一个个背影走向弄堂深处
无踪无影

星未央，夜未央
你归还的
在明珠塔尖上
不敢落下
用春天了解天地欠我几寸
用秋天挨着我的热忱、健康和满足

这般锲而不舍
待到重生方思考回忆的意义
心绪独立于姓氏之外
豹子闯进去，老鹰闯进去
月亮始终在明珠塔上方
归还一片天空
任我描画七彩的霞光
却描画不出你的模样

走漏风声

走到拂晓雨就停了
而时光还是灰的
那灰色时光仍将继续前行
恰如竖起来的江河
生灵喧嚣
在雨跑掉之前便走漏了风声

麻雀抖擞羽毛,快于雨
到湿土上烙下脚印
轻微到心刚刚破碎的胆怯
在燃尽一炷香的时候
在仰望天空的时候
一齐飞走,商讨它们的秘密

在灰时光里，衷情粉色的故事
即刻升起的黎明，而后是青春
再就是爱情
末了是你

天渐渐凉了

天渐渐凉了,你的话还是暖的
屋檐下的雨滴脆生生的
一盏路灯上翻滚的波涛
也是暖的
暮色明亮

夏末捎来最后一封炽热的信
躲开人类向微风上跑
我将希望打开得更加宽广

今晨很静,我打听,奔走
串街绕巷,归还爱你的声音
有人打开了窗

天渐渐凉了,幸福溜了出来
将港湾捧起
将圆满平分
将化的妆卸去

一个夏末

想着茉莉不再凋谢一遍
想着云不再飘离
雨哭着哭着便停了
秋天表现得很迟钝
如今还是夏末
淋湿过你的雨悄悄落在我的心头
亲吻过你的月光跌落在我的酒杯里
不曾遗憾的是
复活过你的欢愉也走来复活了我

无论何时都想不起你,恰如那一夜
推杯换盏,欢声笑语,却无论如何
也想不起你的眼睛
我的眼睛却生疼地,看到喧嚣背后
清寂的背脊

那试图归还的熟悉还是让你心悸
再见就一同重生,依旧举重若轻
混沌的天地间,喧嚣陌生地对待我
有什么可欢笑的呢?

率真的夏雨里
你将尘埃洗去
将热烈和倾慕全部带走
瞬间便解开了欲罢还休的结
接着用一生的时间,试图
去复制,去追忆

夏　晨

短暂地抽离，晨露轻轻浸润
百花昂然

鸟儿扇动芬芳
还有泥土上晨光的香

试图以深潭的气质独守人间
却暗念用涓涓小溪的婀娜
穿过你全部的夏天

由大地最深远处迸发出来的
绿色和香甜
被晨露抱拥

短暂地抽离，不带走一枝一叶
如同爱过又忘记的一瞬间

颠　倒

不曾笃定，来世也如此奔腾
擦亮一根火柴
点燃的却是佛前的一盏灯
沙漠千百年姿态万千
为了月牙泉的英姿不改
且接受化为一滴泪
在孤烟与落日间相互辨识

从不想醉卧在茶汤里
在参禅的路途上将人间颠倒
抑或将自己的躯体颠倒
恰如在驼铃声里匍匐、远行
眼中的光，任它在月色里
缓缓升起

或许在绽放的刹那

有不一样的恬静、淡然

并且深沉

蓦然回首

欣慰、惊喜

好似此生又再活了一次

怒 放

推开门，走出小院
伸手抓住海边的星光
萌动的花草总让人心生向往
还有一片淡蓝的花瓣
准备舞动起来

扣人心弦的光景
越来越近的表情
不知道将一个抱歉留在谁的诗句上
一朵花便是一个故乡
有路人，有笑声，有泪如雨下
怒放的勇气比凋零的瞬间热烈许多
如同一只只夏蝉欢唱到秋天

轻柔地将自己舒展开来
再恋恋不舍地亲吻泥土的清香
融入大地的心脏
今夜无风,我看见了回首的目光

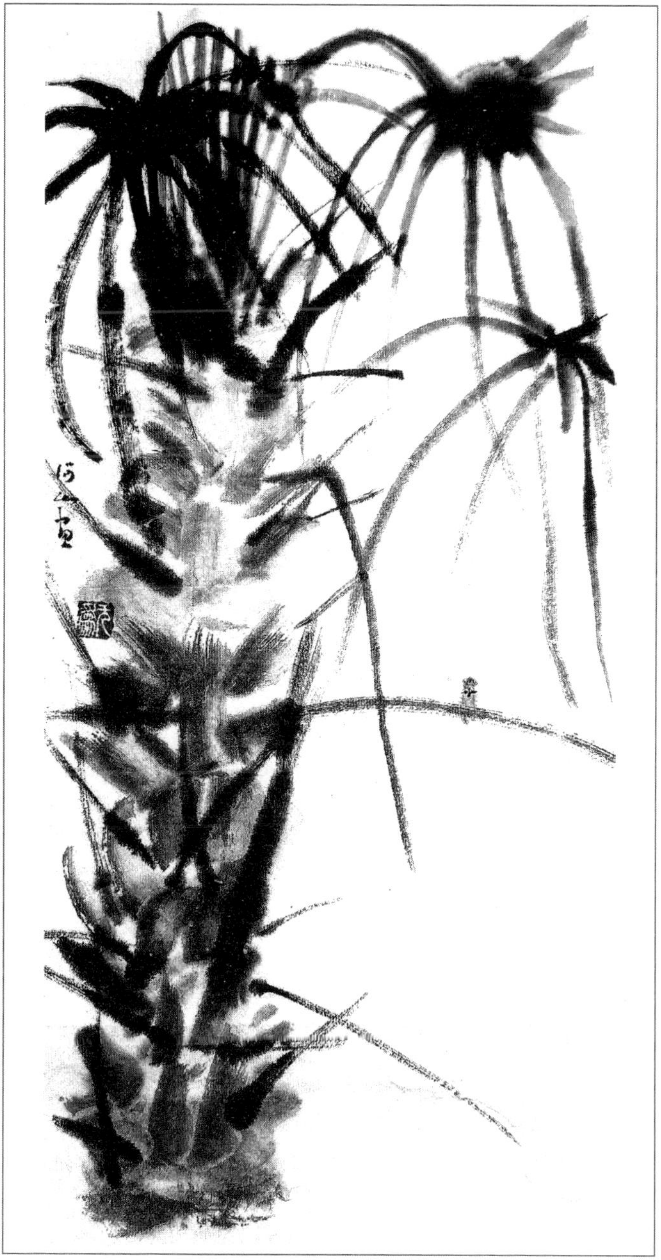

用一次旅程忘记我

奈何我，偶尔穿过三两个典故
含着蜜蜡的香气和皮纹
后知后觉
借用游动在水波里的阳光
来计划未知的时空
又奈何
防不胜防地与信诺失之交臂
——那沉甸甸的过往，坚信
我不可能掀起一阵狂风
注定遗憾了

用一次旅程忘记我，时光
将是空旷的
一个凝神
便暴露了温度、光线和酸痛
以及无果

你我想必在时钟的脚步里
彼此盘根错节了
携各自皮肤的纹理
去渐渐喑哑清晨的钟声

也许你将必然驰骋
当一支舞翩翩旋起
当茉莉花香漫过目光
也漫过你落笔纸上的沙沙声
当你勾线填彩如初时
我依旧在一方砚台里磨难四方

海风吹了

我拉拉你的手,说:
去海边走走吧!
我俩在雨开始认真时去海边
一把伞下可以靠得更近些
从大海身边路过
旧日的笑声和吻痕消失在泥泞里
我驻足的时候无须留心
把伞撑起来,我俩惊动了欲睡的
小白鹭、蜗牛和沉静的栀子花
在雨前面的风兴起之后,问一问
海浪被掀起的心情

靠近大王椰一会儿,一片椰树叶
信誓为我俩遮雨
听吧,听我那么想你,想
如此的夜雨以及无边际的海心
寂寞的跨海大桥仍由此岸到彼岸

我俩遥遥地抚摸桥体，抚摸
同一阵海风吹起
海水在一雨之间思索
我将你的臂弯拽得酸疼

被留在边疆的人
到异地担负使命的人
悄悄将他揉进一步步脚印里吧
而后，让他伴着我们的步伐走过去
每一次迁徙
将会是离日子更远的所在
此前，他总是在每一场雨里
将经年的梦想洗涤

雨歇天晴后的空气会是什么味道呢？
它会带走海浪醒来时的微笑吗？

久远的蜜蜡

从延绵的伤楚里抽身,只能写诗
月声淡柔
我努力侧倚床头,努力点燃烛火
努力从床头抽屉的锦盒里取出久远的蜜蜡
用指轻摩,用鼻深嗅,用心温酿

头疼加重了,我将一个人噙在泪里
借咸浆浓郁淡情,麻痹痛阈
莫憎,让一个坚忍的躯体比新生更热烈
我痛哭失声

那穿过疼痛深刻心头的破碎
适合到他的字里行间
将他划过的伤口
缝补一次

为如此而这般

放松脑海的沉香
将你从幽潭里拉出来
你是红酒,是草莓
是降落到咖啡里的星辰
披着白霜拥抱的故事
你得讲给我听
裹着一层薄风
迈入晓春的岚烟
关上耳朵
依旧与柳波闲话一塘残阳

屡屡意料之外
在闹市中嗅到山林
我跨出那一步时,你难以
奔跑出我掩埋的沙漠
远山里的百鸟飞舞起一首首歌

往昔的裂纹似一道道闪电
被夜空放逐

到湖边搜索铸造铠甲的淤泥
将愈来愈不愿承认的衰老倒进荷花里
我要返回来带走你的诗句
你却选择偶然闻风
嗅雨幕层层

岁月的目光一闪而过
如此任城市喧哗至极
放纵百万星辰与屡次料定的伤亡
恰似你丰厚且柔软的隽语
只为放下锋芒
清洗欲望的瘢痕

敏　感

摘取花香、星光和凝霜
别到荷叶的皮肤上
欲滴青涩的醉
别到月色朦胧中
它的茎秆依然如此柔韧
山那边的果子熟了几回了
依然如此柔韧
柔韧得纯粹，柔韧出顾虑
星光掠过，又柔韧成勇气

包裹荷叶皮肤的空气应当更稀薄些
如此，它的茎秆便坚强一些——
去那么透明的世界干吗呢？
敏感其实是自己的心痛
在月亮最圆的时候
洒落在自己的每一寸皮肤上

清　轻

他半躺在床头，点燃一支香烟
她把凝重的心轻轻靠过去
除了月儿被重逢点亮
屋里所有的灯都悄无声息
没有生命看见他落在她的心坎上
而月光毅然散落在他宽厚的背脊上
没有生命看见他们从月光里走来
他们也没有听见月光跌落的声音

谁也没有试图误解压抑

他用力吸了一口
在指间比情绪更苍白三分的香烟
使那一点红更加旺盛……
她稍稍挪了一下灵魂之外的存在
与之一同痛彻了一下的

是她皮肤外面猛烈的夜色
和皮肤里面动人的心慌
他的烟灰竟然断了一次

不喜欢百合花香的女子
此刻盯着窗外的湛蓝发呆
但笑容是新鲜的
他望着被一缕烟穿过的空气
淡描着那一夜之外
无色无香的花谢花开

拿 走

一间纷繁的酒吧
奢华的眼神背后有激昂的倦怠
今晨苏醒的笑容刻画着城市的背影
打算从这儿带走的
一转瞬,已所剩无几
包括树梢上生锈的月光

错过未来之前,从不埋怨自己
一层盖过一层
有胸襟去豁达,并且反反复复重生
用从未死去来大胆地
静待青春
静待山花齐放
静待我刺绣的河流淌成小溪

埋怨，不想抛开
抛开在空气中未曾氧化的呼吸
耿耿于怀
为了自由屡次深刻地雕塑你
所以，埋怨
将拥有无欲的暮年
拥有心如止水的无尽拂晓
并且，坚持流浪自己
不愿皮肤和心脏
润染同一种颜色
如此这般，也就是
不想再见我涂抹的芳菲了

第三辑 浮生

喜乐孤独

喜乐无我的孤独
一壶老茶，一支铅笔，一沓稿纸
一盏小灯，一片冰心
一只叫小瓜的狗
月光可以爬进来
比心宽，比海深，比天空辽阔

爬进来的月光我会收好
收进我的字眼里
相信上一个冬季下给我的雪
会在这个春天
飘落在我与孤独的相遇里

背着星空行走的人
用音乐剧演绎我的喜乐孤独
剧开演了
观众只有我自己

热　浪

这聒噪的夏天
阳光太强势的日子
生命在快速燃烧
以至于可以活出狂热

夜幕迟迟不肯拉下
焦躁这毫不温柔的光阴
焦躁一群知了有意趴在树丛里
不愿舞弄蓝得发白的天空

薄薄的翅膀偶尔扇动晕开的光
恰如一个男子为了一个念想而
坐立不安

路过了那么多激情高涨的日子
知了还在为脱壳做准备

我还在想念我的旧诗
夕颜还有热泪

万里无云的天空
将你来看我的好消息传递
仿佛整个夏天都沸腾了呼吸

校园记

校园的林荫小道准备走进黄昏
一张张写满未来的面孔路过
除了笑声，还有划过星空的思考
翠嫩的爬墙虎从斑驳的矮墙里探出头来
却发觉光线已经暗淡到不足以看清什么

白发苍苍的老教授依旧到传统的理发店里
卷烫着稀疏的过往
历经铿锵文明的旧城老校
极富层次感地骄傲着
时尚前卫、当下进取、市井喧闹
一步便可跨越百年，浮想千层
深沉与厚重把呼吸收紧

如此渺小而无知的我
仰望着历史的尘埃
此时

银杏树遇上了梧桐和枫叶
全世界的色彩都哑口无言了
金黄闪耀在火红与褚褐之间
将所有的兴奋、惊喜
统统从历史的沧桑中迸发出来

东湖边上初冬的雨很小
小到沉思时不易察觉
借小雨温柔的手
轻轻抚摸老斋舍墙体的疼痛
安慰眼眶逐渐湿润的百步梯
不要再思念远去的老牌坊
抛开樱花的背影
走进狮子山顶的老图书馆
享受那青灯伴书卷的层层孤寂与富足

风吹的诗

只需一转身,便能看到海边的
波浪,还可以听见白鹭的翅膀
穿梭在湿漉漉的空气里
一堆阳光游动在水波间
尽管如此,也不知道
蓝色是如何侵略天空的
而白色又是如何接纳了云朵的

那一天与秋风相遇
海边的栈道旁挺立着一排排树木
偶尔有落叶席地的声音
人生中的凋零挤压着我
正如人海与岸堤的彼此撞击
此时,我俩适合一起破碎一次

总会找个理由,拿起铅笔
把诗歌告诉我的都跃然纸上
让风吹
吹走落叶的痕迹

空　壳

八月四日的雨很大
他两颊的青筋暴到
撕裂你的耳膜
八月四日，桂花开心得香透了
许多的感觉、触觉、听觉拥挤在一起

雨姿曼妙鲜活，甜味的雨
苦味的雨，酸味的雨
你要含着雨味披衣拥抱我
替你冲刷的，我的雪山
我的沙漠，我的高原与泪河
湿的是心痛，是无奈
是我皮肤的笑容

呼吸有多近，目光有多远
你不要迟来

在我的青春
牵我的手
在我燃烧时带走我
拯救我，毁灭我

八月四日没有阳光
雨滂沱得叫人碎裂

拾来的笑声

和往常不同，我漫步在林荫道上
海风穿过几条街道和几幢楼宇跑过来
从面颊到发梢
夕阳跟着我的脚步舞动
渐渐深沉
跟你一起散步时
我一直有句话想说，但
从来没有说，一直藏着
秋色深了许多
你的不安找到我
推开一扇门
在我脱下的外套里平静
月光躲进桌上的两杯茶
不忍惊动这拾来的笑声

火光中的心跳声

火花飞舞,它灿烂的华衣
包裹了一层层笑容
雨在火中张开双臂
转身的人怎能挣脱拥抱?
暖过我的火焰
似乎没有路过茫茫草原的胸襟
我们不必这般遥远
况且还能仰望同一片蓝天

蓝天深爱着草原!
你收藏了秋天的热血
却任山楂红得如此惊艳
你亦如秋
那跌宕起伏的大地再一次绚烂
深深扎根的模样如
开始之前的开始

那一日，你没有迎上来

拘束地轻轻恨我

也许仍旧试图放逐我

我看见，你太过苛待自己

如若放松，山楂树会肆掠梦境

我看见，你如此热烈

势必要听见我在人间呼吸的

全部声音

即使将要被山楂燃烬

即使将再次酸涩痛心

忘记我

我瘦了些许
他的想念当允许轻淡毫厘
飘上天空亦无殇
倘若如思绪般丰腴
心跳便会整齐划一
将再见的方式调整为似曾相识

跟朝露、斜阳、繁星、雨声说再见
不必回避我的眼睛
叹息一些离开的
坦然所有的新生,并将我提及

到生命的躯壳外面
借机,将呼吸慢下来
把皮肤上的记忆从神经末梢抽离

将骨肉重组

将瞳仁里的我换成倒影

深谙昔日几许

却不知我如今身陷何局

你是鹰

如万卷诗书般等我去翻阅的你
抑或等我将你整理装订
踌躇不定！雨打西窗之际
将凡俗、手机、说话的眼睛统统关闭
唯独铺陈一路
雨洗月色的花荫
与似是而非的风声

你是鹰，胸中始终拥有着
婀娜多姿的江海湖泊
以及火山上的皑皑积雪
脚下踏着春秋和准备破镜重圆的生灵
乾坤在千载的理性中
洞悉着来日辉耀
木筏顺水而下，山歌嘹亮起来
谁的眼泪终结了十里画廊的芳心？

你是鹰，蜕老喙

去旧甲，解陈羽，再渡重洋

山川河流在你的眼中是一幅

永绘不尽的蓝图

专心致志地等我去翻阅你

有勇有谋地收割玉米和高粱

你的天空不是何时都秋高气爽

而我无论何时去都恰恰万里无云

醉　茶

水开了，为我泡茶的他
一身蓝调的制服
用北调普通话闲叙一饼生普
高耸的写字楼里
文竹缄默无声
枝叶上的每一点绿都怀有
一层惊喜
薄薄的嘴唇溢出的话语
非常轻柔地举起大海
举起一间教堂晨钟的歌声
匆忙地尾随由海面升起的星光
好像接受赐福
又似仙界迷途

致 君

假如你也跑步就最好了
那就在我的诗里
为你铺陈一条跑道,一排花坛
一片草坪
必须得有大海和月光

每个雨后有彩虹的傍晚
为你铺设好我的味道
跑起来的热忱和汗滴落下的声音
把这律动时分调整得多一些
如此你将无力唠叨
我便可安心地舒缓
安心地微笑
并可将这般的真实
当作短暂的想象

一个小镇,一夜雨声

一个小镇的雨声只能走近了听
一双脚走出来,脚印太深
太多渴望
还要保密的是
只有那一夜雨,在千百次雨声外
让我还没来得及倾心
便已步履蹒跚
云朵拧干自己
在雨后,那么高
埋头在时光里

到海边夜跑的人

月亮跌入海浪
他爬上了月亮的背脊
花瓣躺在他怀里
那宽厚且强韧的、坚不可摧的空间
在他四周旋转

肌肉和骨骼里有高脚酒杯
盛满了白雪
那些岁月,他一直弹着吉他
一直将去年的风别在袖口
跑着跑着,就跑出了那片云
将云彩谱进曲子里

那地平线稳稳当当的
有人注意到了他
如装着红葡萄酒的酒瓶的
稳稳当当的人
谁又知道，这瓶酒是谁装的
装了几分

入　秋

瞧，若干年里三两次的分离
月儿躲进云层里
风吹走故事时还是回想相遇

一滴准备滴入另一滴露珠里的思绪
经历了漫长的秋——
相同的光阴被他们分别噙在
眼里，到不同的风雨里跋山涉水

将肩头的那片风吹的秋叶拿走
说了一句没人听见的话
一朵花开了，另一朵跌落尘埃
一句话说出来，另一句吞下去
一阵风吹过去，一滴雨跑过来……

他们微微一笑
忧喜于雨打秋光的夜里

寂々互古

有树叶落下

粉饰旧日的光阴
旧日里一片有月色的海
笑着,看那一双儿女
仰首沐浴星光
弯腰打捞月亮

他俩在儿时戏赌过
哪片树叶会先落下——
假如碗里吃剩一粒米饭
雪白的脸蛋上就会开出粉红色的花儿

昨日，三两片树叶
轻轻躺在绿葱葱的青苔上
看玉兰花，看玉兰花肩上的夕光
听，雀儿在嬉闹……

秋风路过，提起旧日的诗行
拂面浅笑这半醉的昏黄

如　秋

被圆满的月渲染了
重演一遍越来越走样的习俗
把云朵踩在脚下
微风悄悄告诉我桂树下的风景
嫦娥的心动了
内心升起的思念裹不住了
如此的天地人间叫人唏嘘
黑色的夜越来越长
你我无法在如约而至的极乐里
永不散场
在千花万树奔放的秋里
一点点的泪
在准备流下时
已经被热情烘干

如同懂自己一般深刻地懂你

写一封春天的信
寄给近在咫尺却不可相见的呼吸
石斛兰和雪铁芋都抽新芽了
我们的目光还会远吗?

秋 收

书本里的男子
光鲜如铜器
结实如城墙
如森林、如太阳
他们耕耘播种
一个个生命在大地孕育
秋风吹过山川
便有了果实的家乡

这让许多人想将经年的爱收割
善于播种的手
更善于将谷粒收藏起来

不用质疑那场秋雨的来龙去脉
以及他们记载的细语轻歌

远山的那一头

在万里云端之西,你唤我的名字
电波传说我们的目光
是舒适的,是彼此的
并且需要轻轻的

但凡你唤我的名字
星星们都会兴师动众地
璀璨起来
你指给我看的那一颗星
调皮地眨着眼睛的星
月亮到云里走来走去

你嗅到,我在远山的那一头
抚摸你的笑容
还有,你嗅到了八月的
桂花香,以及
使你热忱的歌

晨曦的雨

让朝阳推平晨曦
让晨曦拉长树影
让山谷送出云雾
让云雾躺平泉眼
让欢笑带走丛林
载着让丛林沸腾起来的扁舟

关上的门，熄灭的灯
似有若无的歌声
携手最亲密的陌生人
反复升起又落下的年轮
丛林的扁舟上没有我的双桨
泉面荡起涟漪
与空气紧紧地挨在一起

山雨偶尔披靡幽深的丛林
斑竹，野花，飞鸟……
如此醉人的生命啊
蛊惑着山里人和旅居者
蛊惑着宁静和压抑

扁舟没了，给我涟漪
丛林没了，给我歌声
把整个山谷都给我
包括躺在泉眼上的云雾
给我这般厚重的甜蜜
雨怎么冲刷都依旧浓沁

平安

冬 夕

夕阳急匆匆地离开有礁石相伴的海边

花早就谢完了

两只白鹭依旧抻着长长的脖子

在滩涂散步

轻声聊着来年是什么颜色的春天

摇晃着水面上温柔的光斑

我听了许久,它们没有提及我

只是介意地张开翅膀

高傲而轻盈

一群风跑过来,一排浪吻了礁石

一只白鹭湿了梦想

今天傍晚

我只在那儿停留了一小会儿

却把风和浪惊醒

它们，
将许多绵长的诉说推向寒冷的高潮
夜越来越近
冬走没走都忘了关心

一颗在瞳仁里闪烁的星

白云在白昼的空气里路过
白昼一经掠夺
一颗星会由此诞生
理想的载体就会渗入

他们曾经连日互诉衷肠
反复背着月光
梳理羽翼丰盈的爱
以及挂满枝头的海誓山盟

他们开始与傍晚相互推诿
使声与息彼此独立

它在黑夜飘荡
营造出自由的氛围
揣摩一颗星，在何时
到它漆黑的瞳仁里闪烁

海倚着山窃窃私语
一小波浪花，一小波甜蜜

欠你一场雪

星光以外冬月稀薄
适合攀谈人类的希望
适合返还我健康
勇敢地拿梦当养生之道
别担心我闯荡汪洋
奔跑，不然赶不上前浪

适宜聊徽州，聊那位一心想
当诗人的女子
白墙黑瓦犹在，千百年的疮痍
在青石板上呻吟
我雕刻你的筋骨，你肝肠寸断
伤了刀刃的心

由徽州至西安,到戈壁
一路奔波着
我酷爱的地方是我的故土
脚下却是他乡

再见皆苦,欢愉似毒
即使我知道,也不提醒你
这个冬天尚欠你一场白雪迷途

我的心跳

如果你愿意

请拿走我的目光

拿走我的歌唱

拿走我的芳香

但请留下我的心跳

我要用它去一场浩雪中想你

想你微笑时白云的欢唱

松柏的执傲

繁星的波涛

你可以拿走我的诗歌里欢欣的舞曲

那是雪花在心跳上谱下的

想你的乐章!

想当然

偶尔,在迷失你的刹那
星光灿烂,绽放
恰如吐纳了经年的华章
接着,喜悦叠加高垒
使我坐拥你的全部笑颜

拒绝呼吸以外的声音侵略
就那么简约——
我不要在清晨时离开你的花圃
到露珠上失眠

然而那些现实,与你温柔的一眼
全被我从诗歌里唱出来
那是唯一的出路

而我还是有许多惊喜的
例如雪一落,梅花就开了
阳光一挥洒,花儿的泪就落下

我有勇无谋,到午夜时分
给你发一条消息
将这希望再破灭一次给自己听

踏雪寻他

一想到你，便有雪从帕米尔高原飘来
唯有你的雪沉睡了千万年
而那高原依山挺拔在云端
不曾垂青人间的险
不曾由塔吉克拾回更多冰川的消息

好不容易才想起许久以前
步入深山
踏着雪去寻你
雪上的足迹叫人想起风吹的方向
此时步履沉重，踏住雪上的风
也没能寻见你

山 雪

急驰而过
生命如一朵晶莹的雪花
有若干个适合破碎的春天
复活亦般若
雪里,可见无边无际的白
与无边无际的空

清晨提着小马灯,依山而立
鸟儿们从过往飞来
冬月的松会穿过春天,开出花
与那些即将融化的雪邂逅
相互宽慰

琴声断断续续,我打开般若
风声缠缠绵绵,朝阳里翻山越岭
我恰如这漫山的雪
无动于衷

第四辑 无尘

将白发挽成青丝的人

守着月光的背影
守着晚霞跳进窗来
守着橙色的光晕逐渐散去
还守着一杯茶里缓缓升起的
热气和香气
嗅到一屋子的别离
和泪在茶里迷失的路径
接着将白发挽成青丝

守着香烟夹在手指的位置
守着没有人路过的时光和
清寂被揉碎时的不安
守着他留下的和带走的
再次将白发挽成青丝

没有说再见就分离的人
拥有无数个黑色的夜
每当月光露出背影
她便将白发挽成青丝
将白发挽成青丝
仅仅是担心他找不到离人
认不出青春

无法重塑的时光

蝴蝶兰依旧在茶台上
一夜星空依旧在茶杯里
缥缈的衣袂在一排香妃竹前坐下
面对面不断打破彼此的沉默
潮汐不再

日日穿梭于朝晖与月光
有的神采飞扬
有的落叶秋霜
一片山丘的花开了很多次
曾想象过你年轻时的模样
但无法到时光旧影里去欣喜若狂

迎着风

你的遗忘很冷,杂草丛生
晨露里勇于再见
清风和朝雨相继迷路
城市到山脊边缘,车水马龙

高楼渐起,你勇于朗诵一首诗歌
琐事摇摆着我穿过村庄的巷尾
炊烟升起思念

爽约的山脊,一改黑白的空灵
遗忘在我手心里轻盈
却含着露水深重
如此的别离让你我摇摇欲坠
然终将是在低下眉头时潸然泪下

静下来

就连话音都崎岖不平起来
火里有雪落下
眼前的雪雨"腥"风是真的
刀光剑影也是真的
她给形形色色的友人斟茶
眼里没有远方
她的远方从来都不远

斟茶的手总是很稳
眼里的热情一杯杯冲进了茶汤里
这茶汤不再是沸腾的
是静怡,是躺在白云上打盹的琴弦

让她,让些许被展现的遮掩
让唤醒的笔为下一个冬天
放下帷幔
放下沉甸而模糊的期许

漫天飞雪

那被爱的空间
会比一个人去追逐要广阔
也会比一个人爱着的时刻灿烂

叠加于久远的沉默里
在那狭长道路的一地鸡毛里沦陷
沦陷于波澜起伏的阴影里

永不停息,听风拍打万物皮肤的声音
也许,到放弃前灰飞烟灭
也许,到伤口愈合前化为乌有

此刻,不再等待
而是勇往直前
知道吗,在冰天雪地里
将隆冬还回去需要几分
虚情假意

冬日傍晚

月光走进海岸线

走得那么缓慢

中间还有几丝退却

犹如一种担忧

海风细微

唤不醒落在栈道上的树叶

小山丘凉亭上的一曲二胡

低沉而锐利

泪的咸涩味儿飘了下来

轻刺着一个个追逐月光的心

有人伫立在海边

比棕榈树还直

心情却比一片枯叶更曲蜷

竭力让心情舒展

将一段旧事扔进大海

七八种普洱茶

单单取来"昔归"独饮月下

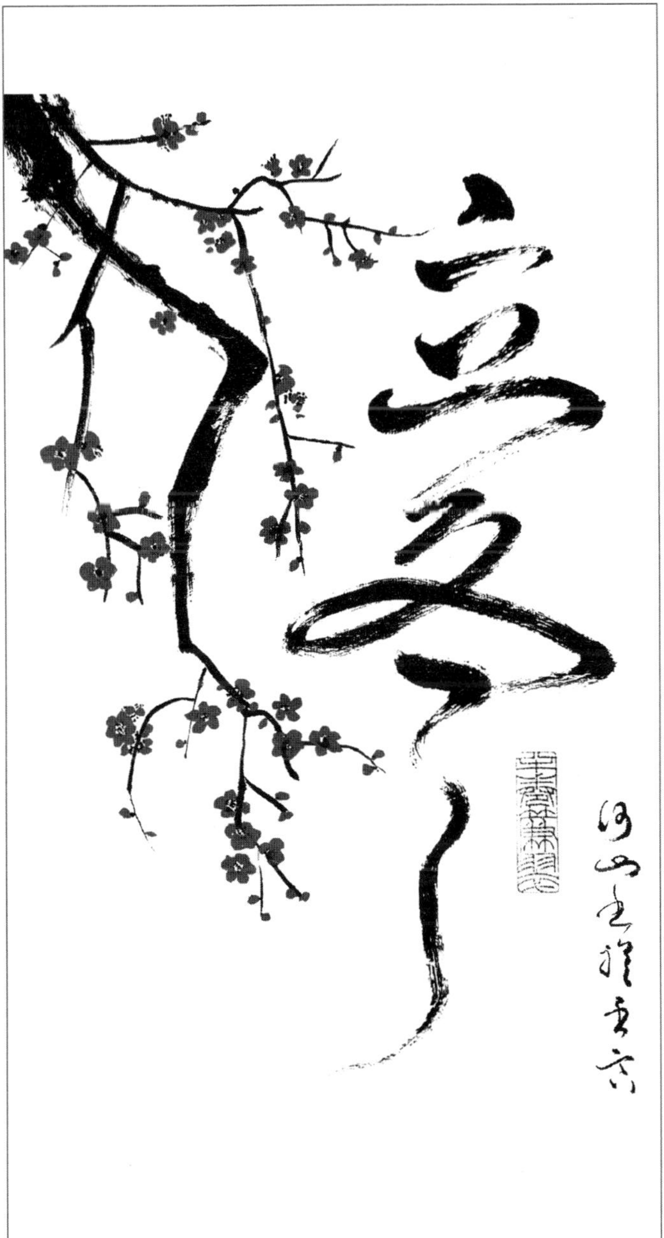

悬

意料之中
渐渐将嘴角上扬
忐忑不安,转过身去
忐忑不安,回到从前
一千零一个日子
冷漠诉说着冷漠
用星夜打磨的笔
描绘阳光灿烂的一亩心田

你的皮肤上有晨曦降落

太快了
眼前几次花开就结束的心跳
这双数过星星的眼,不懂
迟迟才熄灭的真实
你双手合十,雨从指缝落下

也许,你不拘于歌唱
当你从天空中再次放下真实
或者,挥舞的是树叶说的果子
高楼,马路,霓虹
一吐为快的豪迈

你听不见我说:
爱是我生命的过错
对过错的坚持,成就千万个
不同的你和我

将错就错

就对了

那时，花鸟叶虫的层次再度模糊

你一边撕，我一边哭

你再次提笔梦他

再次清扫月光

再次试图暴露被烫在心上的花

你不明白，即便让你再活一次

依旧是凌晨两点半

太痛了

精雕细琢的竟是呈堂证供

你再次提笔梦他

模仿第一次误入歧途

模仿第一次自我救赎

在身边

他的笑容淡了许多
说起维吾尔大叔那双油乎乎的
热情的大手,粗糙而有力
力量大过那个有戈壁香气的拥抱
浓烈到让她对那个经纬度的空气
产生兴趣

一说到气味和空气
她就痴情!
在冰火交融的高原上守了几年
她身上的香味就淡了几年
心潮升起又落下
面对面,不慌不怯
听说:
她流动在他的血液里
直到草原的篝火全都熄灭……

蔚 蓝

世界斑斓
我们可以抛弃孤独
你将化作光
成为清晨的第一缕
如期跌落我的床头
并将那整片天空的蔚蓝
谱进一首歌里
任我吟唱

当我渴望的草原无际了
你微微一笑
便有彩虹伴我跨越雪山顶峰

月色如歌

如此的月色中
一不小心想起分离
想起
冰眉雪语
心会落下潇潇的雨

如此的月下,当弄梅煮酒
醉我的咫尺
醉我截留的软雨清风
听,枝头与新霜交谈甚欢
吹灭一烛火,赴一程
月隐星稀的山路

拒绝的热忱

那个时分,南方的城是端正的
定有一层霜绊倒月光
定有一抹月光绊倒黑影
对面的气息是又一颗流星
一风未抑,一雨又兴
用呼吸里的甜和涩淹没我
无法软语轻歌
想到海水中救活你
但却仅仅是放下酒杯
谨慎地分离适合小心翼翼地
忍住泪滴
跋涉、甜蜜不全是
偶然的摩擦
我们不全是摩擦产生的火花
跋涉的目的也不是艰辛与束缚
而艰辛

从来都是让我们摒弃束缚
你我的高脚杯里
还透着浅薄的艰辛
还需要勇气将它荒废
霜不再降了,你我独自醒来
别说再见,别说再见!

来日方长

追逐万水千山的
不是脚踏绿波的渔人
若从那山里带走半点馨香
将会羡煞几人
——得提醒五官再敏感一些
大山将挽留倾慕之心
如挽留这些清晨粉红的霞光
山体是唯一的坚持
除此以外均往复不定
那绿水，那绿水下的水草
那山雨中深情的芬芳
其实
你非常想将那些往复不定的流动
画给我抚摸
你提笔数载，墨汁说不出思愁
如你一贯拖泥带水的日子

背扣双手伫立

剪不断的过往，抹不去的泪痕

无论如何

你依旧渴望来日方长

拒绝一点点娇艳

难辞一丝丝新甜

去绘就心中万里的画卷吧！

去半醉半醒地游历其间！

将零下六度的拥抱一饮而尽

带着残缺的躯体来到
似曾相识的人间
摸索着缝补一个个伤口
没有人懂得
每一个我都想成为一个完整的我

人生只有一种相遇
是时刻想起又总觉疼痛的
是最想揉碎又最想吮吸的
想起的心痛是爱恨交织的记忆

霜雪的拥围让伤口异常洁白
而无敌
遇见又一个遇见,义无反顾
丢失又一个丢失,泪眼沾巾
每个人都在自己的困苦里挣扎

每个人都在不同的旋涡里徘徊
我们在参差的满足里
毁灭最珍贵的拥有
找回丢失的影子
却找不回逝去的往昔

零下六度的拥抱持续衡定生活的
陀螺
失去平衡和速度时
我们高高扬起藏在烈酒里的皮鞭
狠狠地抽了生活一记耳光

它痛,但旋转继续
世上有无数个发生,唯有生活
至高无上的艰辛
谁在认真地路过?

谁在苦难中高歌?
宇宙无限,疼痛几许重轻
把汗毛一根根竖起
不向无法修补的残缺和苦难
折腰、叹息
创造每一丝温存
给无休止的不懂之懂
丢失的不解终究是
与生俱来的惋惜

涂鸦一个私密的空间
坦露残缺与完美
听走进窗户的月光翻阅诗稿的
声音
当海浪袭来
让伤口再坚韧一次

疼痛地舔舐
如虎狼有倒刺的舌头
　再血肉模糊
一再海水倒灌
让我的第一条皱纹再爱一次
让你的下一条皱纹生长在
我的手心
抚平你的心澜
相嵌而生
将零下六度的拥抱一饮而尽

一盏茶的江湖心事

心跳与呼吸毗邻着
用各自的节奏洗尽彼此的铅华
隔一城的车水马龙
厮杀流连的暖乡
与你相忘于彩虹的两翼

怀揣着盛放的心花
望向落地窗外的绚艳落霞
将浅浅的笑容收藏在
落英如雨的记忆里
用扶额一笑了然吧
用左心房继续镌刻繁华的寂寥

在夕阳不忍落下的一抹
惊艳时光里
赴一场玻璃幕墙内的

一盏单从茶的淡淡清香
冬月十五的菩萨先于我
放下

一张茶台，一米阳光
一丝挂怀……
十分钟
足够一生去荡气回肠
却不足以苍老千帆过尽的韶华

南方冬月的阴冷
被今夕的热情
置之高阁
月光染尽阶梯上的尘埃
你将手心的那一缕举起
我的心便在每一层梦境中放低

太多的纷繁
都想通过捷径快速抵达你的心脏
于是，堵心的事儿被
宛若八月的桂花
异香于冬月的海滨
四面八方地杜撰着你的
锦绣前程

我踏着月光顺阶而下
这一走，想必那杯淡淡的单丛茶
亦透骨清凉
用万丈红尘
装饰千钧芙蓉吧
回顾
越一世苍穹
回程的车上舒展双掌

伸出窗外

接纳散落掌心的菲薄月光

用佛前的一滴泪

勾兑见你时的笑容

岁月在你的心脏旁边

埋下了伏笔

静待胡马金戟的疆场

我用忘记你的力量

忘记我自己

在江湖上兴叹各自的

风沙万里

夜幕沉沉地降临

深冬的风割了割祈福人的心

可忘而不可期

可望而不可即

我起身离席时
留下一盏茶的温情和
一言半语

莫用丰满的回忆来深夜
推杯换盏
往昔必然使我宿醉不醒
借菩萨手中的拂尘
将抵达你心脏的甬道畅清

新年,在南方想起

太阳推开厚重的云层
拍了拍奔走一年的尘土
轻抚用阳光羽衣春回的大地

主妇的角色快活地上演着
听《左传》中的各自为政
为马夫欣叹
替主帅扼腕
牛奶、鸡蛋、面点、水果……
各司其职

早餐在一对鹦鹉的交谈声中进行
各种的花儿
因今春太过热情而提早怒放
用一朵海棠花开的时间
想念
过去一年想见的人

百合与水仙的庸香俗艳

激起节日高涨的热浪

过敏的人将其置之少理

黑茶上的金花在沸腾中瓦解

穿肠过肚后

梦与现实便相拥缠绵

徘徊到彼此的边缘

直到黑夜被白昼解放在窗边

放下迷情的黑

普洱茶的醇香由于经年的深沉

而沁入脑海，迷了路

味蕾到塔吉克女孩的眼神里舒展开来

多么低调的灵魂

托起了一颗高贵的心

草原、牛羊、木栅栏、奶茶

和万籁俱寂,如何能懂得
补课、奥数、托福、名校
叠加的层层惊惧
沙漠里的巴楚、阿瓦提、麦盖提
被叶尔羌河割据
他们用热歌烈舞
渺小了南方繁花盛艳的如夏初春

向求学路上的孩子授教体系的
学习方法
同叶尔羌河的发源地、主干、支流
之间的千丝万缕的关系异曲同工

当音乐缓缓响起
我们应该离席
把书本吃掉,穿过戈壁

去大草原,欢唱牛羊热爱的歌
跟草木融为一体……
艰辛、苦难、自在、快乐交织着
篝火中干枯的木材惊艳地发出噼啪声
飞出热情的火星
而那最妖娆的蓝色火苗
永远仰望着浩瀚的星空
自言自语

如画如遇

露水说降温了
格桑花仍在披着星空的晨光里
眨着眼睛
我路过无人区时
勾勒了一幅鲜为人知的相遇
你脱下身上的外套
帮我披上，把我的每个动作
都柔软成你渴望的清香
我的眉梢含着高原的洁净料峭
淡忘的那丝风翻阅了你的目光
此刻
你是我草原的草
你是我雪山的雪
你是我沙漠的一枝红柳

我在阿尔金山沉睡
不知道秋水深重，难以热烈
你忘记
我们恨过又想起
夜浓了些许
月在眼前点亮天空的心情
有云朵盛开
可可西里就是你
荣的是你，枯的也是你

那一夜
我用藏羚羊角刮丝煮水为你散热
你闭着双眼嗅着可可西里的背脊
荣的是你，枯的也是你
野牦牛的孤独
让我低头想起你踽行的背影

你从未希望成为某种记忆

你轻轻吟唱着苍穹的发梢
声音甜绵
黑颈鹤和朝阳,藏野驴和清露
全都被你惊醒!

声音里

欲望渊底的人,如何
被唐古拉山解脱?那些
越来越多的思索
璀璨着夜空,包裹了
奔腾的血液

天籁之音逃脱长笛的气孔,陶醉
痴人的耳膜
《临江仙》被枫桥夜泊曼妙地填满
一曲一词一丝歌
匆匆过……
错过了几袭叶瘵与花飞!
用遗漏的脚步声,路过
无端流连的心情

听
轻快的口哨穿过花洒的曲线
怀疑长笛拒绝唇的声音
依旧肯定，手风琴
摇曳十指的浪漫

黑夜更蓝了些，时常习惯
躲进小提琴弓与弦的纠缠中
将五线谱饮醉

是因为失去而收获满满
音乐和空气走过的生命
在柔软的海心，轻轻地
划过一道痕。是时光
泛起的皱纹
皱了皱旧日历的手纹

撕下
心酸的往事
今日的面纱
焕然一新地去疲惫

那疲惫,静悄悄地掠过喜悦
升起歌喉托起的阳光
满载着欢笑的羽翼
谱写大地明日的乐章